JN096994

本間真琴歌集

魚に言われて

魚に言われて＊目次

表紙絵「魚になった少年の話」
口　絵「海辺の情景」
ともに林千絵　画

本間真琴歌集

魚に言われて

積み木

あどけなき犬抱きながら　信じるってきわめて一方的なことなのだろう

捨てられていたこの子の名前はステラ・ド・ステバチーヌ　チワワ犬

上水べりの落ち葉の道を踏み行けば心見透かす鳥の眼に遭う

チューブにて命養う少年の幾種もの薬を慎重に計る

カタカナの音の連なり薬の名　どうにか仕舞う専用記憶庫

冬空に新月木星金星と誰かがそっと積み木を積んだ

センリョウの赤い実の描く地面の絵　踏まないように爪先立ちて行く

発熱の夜中に薬を探しおり窓に冷たいナイフの月が

ばらばらの箱を連ねて貨物車は引き込み線に静かに休む

砂嵐

白き犬浮きつ沈みつ草海に航跡伸びゆく荒川放水路

川風の吹きぬけてゆく対岸の高層ビル群東京山脈

夏雲は遙か海へと流れゆき　地球儀みたいな西瓜が届く

すぐやって来る週末はブランコの慣性の法則　打ち寄せる波

山奥のダム湖のほとりに忘られし白鳥船の首はいずこに

ひきとめた半袖の腕の汗は冷え猛暑の夕べの微かなる風

あの人のやさしさは私への喜捨　すぐに溶けゆくレモンシャーベット

朝の陽に光る蜘蛛の巣払い行くその完璧にたじろぎながら

犬なのかわからなくなるわがペット四肢天に向け並びて眠る

わが庭も迎撃準備整った　タケノコミサイル天に伸びてる

さるすべりの花房噴き出る夏の庭　亡母(はは)の気配をあたりに探す

インスタントラーメンすすり唐突にうかぶ遠き日の亡母との昼餉

砂嵐を抜け出たような白い月ビル群かすむ夜空に昇る

蠟燭

睡蓮は花を閉じおり池の面のきらめき浴びつつ遅き散歩す

決壊のきっかけはタマネギなんて　抑え込んでた滂沱の涙

満開の桜の下は鎮まりてひつぎの車土手に沿いゆく

故人とは同級生と呟いて火夫はうつむき骨を集める

消えるときふっと伸びする蠟燭の炎のように旅立ったのか

光溜め白き桜は照り映えて生死のあわいにゆらめきて立つ

葉桜になればどうにか落ち着くと神経質な若き友言う

散歩より戻って犬の足洗い盥(たらい)に浮かぶ花びら流す

雲南の珈琲豆を挽くうちに民族衣装で高山歩く

夜も更けて赤き三日月窓に来る　遠い革命の亡霊のごとく

夏の傾斜

バニラアイスの月は溶け始めてる湿度80パーセントの夜

わたしの鞄を川に投げ捨て男（あいつ）は逃げた　待っててくれると約束したのに

水底にすべてを零（こぼ）してわが鞄　濁流に浮きつ沈みつしてる

この川なぜに目黒川　目覚めても流れ見つめる梅雨明けぬ朝

差し迫る蟬鳴く声に引き込まれ夏の傾斜に身をゆだねゆく

蟬穴の深みを覗き立ちすくむ　花影の土は硬く乾いて

道なりに進めとカーナビ言うけれど私の人生どうやら脇道

潮風に牛舎のにおい混ざってる鹿島灘の直線スピード上げる

みぎひだりがよくわからない子供だった　手に怪我をしてやっと覚えて

靴を脱ぎ足跡強く捺しながら波に向かおう太平洋の波

螺鈿

キッチンの捨て子のようなニンニクに若緑の芽ひそかに生える

パン焼き機の「叩き」の音に犬は吠え　やがて部屋じゅう香ばしくなる

獣医より「お母さん」と呼ばれ面映ゆし　いつの間にわたし犬を産んだの

こんにちわぁ、こないだはどうもぉ、夕暮れを走り抜けて行く自転車の人

店の奥ひっそりとして時計屋は止まりし時を商っている

やわらかき紙に包んだたからものほどきゆくように電話の声聞く

面会の時間が終わり店先で車を洗う差し入れ屋の親子

長き塀の影踏み行けば突然に自転車の看守壁より現わる

捨てられた安傘拾って無頼ぶり雨の通りを人に紛れる

優しさは何かを偽るためなのだ　そう知るまでに捨てられた時間

見上ぐれば瑠璃色の空に昼の月　シルクロードの螺鈿(らでん)のブローチ

水草

けだるさに蚊遣りの匂い揺らぎきて見上げる空に光る夕雲

こんな日射しよ、カリフォルニアって　友の声聞きつつ歩く銀座八月

東京という玩具箱は疲れるけれどそんな顔せずランチの約束

ラウンジの一面のガラスに西日射し　さてお喋りをやめる時間だ

ボトルの水ずっと震えてついて来る新幹線は雨降る町へ

その人の扉ひたすら叩いてた古いアルバム持ち重りして

水草みたいな男の心いつまでも追うのやめたらと魚が言った

定規など使って考えているだろうメタセコイアはピタゴラスの定理を

もどかしく待ってる犬に服着せて真冬の外気の中へ漕ぎ出す

パン食べる？　寝坊の人に声掛ける午前は残り一時間しかない

新ジャガの青々とした湯気をかぐ　ゴッホの農夫の食事はこれだけ

夏至の日は子供の頃を思わせて終わらぬ一日の家路は遠い

盂蘭盆会

大東島あたりで燃えてるダッチオーブン　台風いよいよこっちに向かう

「盂蘭盆会（うらぼんえ）、帰ってきても暑いわよ」火傷しそうな墓石を磨く

小走りに狸一匹横切った　よそ見しながら読経聞くとき

上空には風があるらし紗のかかる月はゆっくり明晰となる

そういえば私のパールはどうしたろうフロントガラスに浮かぶ名月

マイル貯めまた外国へ行くという友思いつつ布団を叩く

電子本の文字拡大し読みふける河口慧海の秘境旅行記

明かり消し金魚眠らせ独り夜にワイン注げば鼓動の音する

梟の声

ヨーグルトにラズベリーソースで秋と書く　フローリングに日射しは伸びて

犬の顔が犬の顔には見えなくて掛けてみたらとメガネ掛けさす

「怖い顔と早歩きがいいね」と言った男(ひと)ずっと記憶の定位置に住む

やっぱり今はヤバい時かも何気なさ装いながら頬杖ついてる

のがれても焚き火の煙はまといつき私の中の悪意をあばく

どうだろうこんな形で死んでたら　ヨガのポーズとるちょっと鬱の日

ため息は夜の静寂の梟（ふくろう）の鳴く声となり森へ消えゆく

蠟燭の橙の火は還るべき闇の深さを思い出させる

Eメール高くかかげて送信する同じ月を見ている人へ

授業中ノートちぎって手紙書く　サインコサイン遠のく呪文

揺れてゆく始発電車の車内灯トンネルの向こうに何があるのか

流星群

他人(ひと)のもつ影を畏れよ愚かなる私はどうやら地雷を踏んだ

杜子春のようにすがるは喧噪の中に聞こえる微けきエチュード

ハンガーに吊るす私の脱け殻よ　暑き一日の麻のジャケット

ミサイルの発射台かと凶暴な炎暑の空にスカイツリー光る

年若い銀行員の耳たぶのピアスの穴から遠くを眺める

ちっとも蟬が鳴かないという父の耳遠くなりつつ消えてゆく夏

お父さんは認知症でなくそれは耄碌(もうろく)　懐かしい言葉で慰めてくれる人

隣人は競馬新聞じっと読む　保証されたるカフェでの孤独

思い出はカルピスのように希釈されカランと氷の鳴る音がする

棲み場所を失くした人が集めてるアルミ缶の音夜更けに響く

一瞬で脱け殻になった吾が犬のたましいは泳ぐペルセウス流星群

夜の運河

神楽坂の迷路の路地へとふみ込めば「端唄教えます」の看板がある

鯔(ぼら)の群れ夜の運河に現れて淀んだ水は命をはらむ

滑らかな魚群の動きに個は無くて今夜の眠りは安らかになる

眼が冴えて夜の静寂に泳ぎ出す自分の岩礁(いわば)をすみからすみまで

ちょっとした勝負繰り返した仕事終え電気カーペットに貼りつく今宵

夕鶴の傷みについて考える　むしった羽のような雪降る

「やっぱりね」失望するたび呟くのワクチン接種するかのように

隠している不安の蓋が開くような春の嵐は一晩つづく

こわごわと嬰児（みどりご）抱く若き母のうつむく額は内より光る

嬰児（みどりご）は甲虫のように眠りおり宇宙の果てから旅をして来て

たくさんの無理もしただろう「鉄の女」の訃報を聞きて母思い出す

サッチャー元首相の訃報

パタンパタン、冷蔵庫の扉とパタンパタン、たぶんこれが生きてることかも

裏窓

ゆるやかな海風が吹く平塚の錆びた歩道橋みあげて歩く

電灯を点せば何かが壊れるようで語らいつづく夕闇の部屋

水無月の白き木の花人知れず咲いて散りゆく　花とも知られず

裏窓に洗剤の影何本か家庭の悩みは静まりかえって

扉の前に生協の箱置かれてる　つきあい薄い都会の隣人

池の端で金魚を狙うノラ猫のさみしき尻尾小さく動く

痩せ猫の暗く光った眼の底に引かれるように餌やりに通う

つぐないは遠いところに捨てられた昔の猫へ私の心へ

足元に大荷物置くホームレスのベンチは世界のたった一点

海の模様

葬儀にて出会ったイトコらどことなく老犬老猫になりつつあって

たましいはふうわり抜けてどこへ行く　静まり返った亡き人の部屋

あどけないノラ猫のお腹はふくらんで抗えることなどないと教わる

とんかつソースは気づかぬうちに減っていてぎくりとします人生の時間

石ころを握るみたいにアサリを洗う海の模様をこすり合わせて

スナップエンドウの茹で立てをあの人に　想像してみるグリーンサラダ

雨雨雨、天地に満ちてノラ猫の母の哀しみ蒸留される

わがままな少年の顔を表情の底に覗かせ介護受ける父

違いない、自我は寿命より長いのだ　ゆらゆら揺れる父の影濃し

たからかに女子高生は笑ってるマックのMは彼女のくちびる

たいせつなこと思い出す左手のピアニストの弾くシャコンヌ聴けば

猫語

この「今」の一瞬以外は考えるな　ノラ猫との距離また近くなる

美容師は長き馴染みでわたくしの鬱屈刈り込む二か月ごとに

目を瞑り無重力の宇宙泳ぎたし万有引力は家族の絆

風残し回送列車走り去る　けっきょく独りと教えるように

今朝がたの人身事故の駅を過ぎ窓の外にはドクダミの海

傘たたみクスノキの香の染み込んだ六月の雨に仰向いてみる

母猫は死ににに行きたりガレージに子猫遺して風強き日に

蒟蒻（こんにゃく）のような子猫をすくい上げタオルに包む迷いもなくて

脳味噌の深い疲れが癒やされる　コクコク子猫の哺乳瓶吸う音

「いろはす」って何と訊ねて水ですよと答えをもらう仕事の合間

月蝕の月欠けはじめ外つ国では少女が体に爆弾を巻く

かさこそとダンボールの中にうごめいて子猫の命は真夜中に育つ

必要とされることこそ麻薬のよう猫語をもっと学ばねばならぬ

窓硝子

草むらに心臓落として見つからない探し続けて眼が覚める朝

なんとなく責める口調の電話きてあちこちむやみと拭き掃除する

散々な一日だった　靴下の先をひっぱりそのまま投げる

思い出の整理に時間かかりそう　人でなしと言い切れるまで

「あの人」という言葉を遠近両用に用いて心の調整はかる

もらい泣きしそうだよ窓硝子君ふいてもふいても湧き出す結露

さむざむと窓の結露の取れぬ日は音楽流してアイロンかける

水彩の筆でひとはけしたような雨催いの日に子猫の耳は尖る

ゴロゴロ喉を鳴らす子猫は小型のバイク　庭の藤の実パチリと落ちる

兄弟はリボンをつけて貰われて残った子猫をてのひらに載す

夕闇はすばやく降りて北海道牛乳販売の声取り残される

鳥の気持ち

大空はカーテン引くよう秋になり鳥の気持ちが解る気がする

鰯雲の波分かつようずんずんと土手歩みゆく下流に向かって

夕暮れのメタセコイアはとんがって遠い山脈（やまなみ）近づいてくる

障害持つ子猫にミルクやることは罪かもしれず　テロのニュース見る

死ぬまでは解放なんてないのだと鬼火のような曼珠沙華咲く

うつむいて歩む植物園の小径にはドングリぞくぞく湧き上がってくる

大学の銀杏の黄色照り映えてニュートリノ粒子今しも過ぎ行く

ひ弱なる免震構造のわが心　かさなる些事に揺らぎ続けて

結婚を交通事故と評したる母のウィット今はなつかし

プチアウトサイダーのわたしひっそり生きてるヤクルトを待ちながら

インフルの予防注射の腕痛む　蜘蛛の巣みたいな初冬の氷雨

今日でママを辞めるというので行ってみる新橋烏森の小さな店へ

因縁

ぐるぐるとココアかき混ぜ結局は依存と支配が愛だと気づく

張力に逆らうように沼の面は陽に照らされて台地に延びゆく

山陰(やまかげ)の墓地にひっそり陽が射すを列車の速度で見て別れゆく

足元に舞い降りた葉のかたち見て黙して立つ樹の名を思い出す

おひさしぶり去年もちょうど今頃ね　花粉症薬あいさつ代わりに

来世では鳥になろうと決めたので殺生するなと猫に餌やる

はじまりも終わりも見えぬ繰り言を「因縁だな」のひとことが断つ

ランドセルの重み知りてより束縛は背中にありてずっと外れず

病院へ行く行かないの攻防戦のさなか心は遠く旅する

これはやはり老化だろうかと訊いてくる95歳をちらりと睨む

一箱のタバコ買うように一冊の新書求めて活字に逃げる

白黒の修道服を着たような足萎えの猫は転びつつ来る

車庫で生まれた猫だからガレジと名付けたり変な名前と言う人もあり

木槿

落花生穫れるあたりで落下傘訓練を見た砂塵舞うなか

むかしむかし父は戦車に乗っていた　だから私の運転にうるさい

ムグンファとたしか言ってたやさしい声で韓国の男木槿（ひとむくげ）を指して

空蟬を踏まないように歩み行く　どこに落ちてる私の脱け殻

雨上がり突き出してくる雑草はきっと私に敵意を持ってる

平均台を歩くかのよう電柱の影踏みてゆく炎天の道

薄闇に銀の光はひるがえり川辺の釣り人ひっそり動く

存在はひとつの命とその個性　猫は執拗にトイレの砂掻く

役割を奪い取られて老いし父見知らぬ人の貌（かお）を見せたり

仕事帰りの冬の夜道は人気なく冷えた自由を深く吸い込む

鬼ころし

仕方なく説得されて帰り来ぬ円く収まる筋書きとして

「鬼ころし」交互にストローで吸いながら老いたる夫婦ベンチに座る

黒富士が闇に溶け込み消えるのと同化してゆく私の血流

光る粒首都高速を流れゆくひとりひとりのアドレナリンで

好きだよとふっとときどき言ってくる猫にカツブシぱらぱら与える

小脳形成不全の猫とマリア・カラス聴き入る春の夜の稲妻

両方が打ち消し合って楽になる猫のソソウと父のソソウと

電気ストーブの語り止まない訴えを考える人の姿勢でずっと聴き入る

コンビニのホアンさんから納税の領収印貰って微妙に不安

天秤

床の上に光る三日月猫の爪　落とした主は気配を消して

光射す波打ち際にいるような夏至の夕べを歩き続ける

ドン引きと陰でメールに書いていた友とはやがて疎遠になりぬ

思い出の天秤ガタンと傾いて若くないことそろそろ認める

じわじわと居場所なくなりはじめてる仮想通貨に仮想現実

満ち足りて顔洗う猫見るにつけ自己卑小感がうちに高まる

勤勉な月の満ち欠け夜々に見て無心になろうとようやく思う

残菊

編隊を組んで蜻蛉は飛翔するポツダム宣言近いというのに

迷い人知らせる町の放送がとぎれとぎれに今日も聞こえる

昼下がり路地を行く影われ一人犬も鳴かない子供も泣かず

藤の実の乾いた鞘は靴先で錠剤シートに似た音たてる

わが父は透明人間になりましたやがて慣れると思うけれども

居た人の居ない部屋には真空のトンネルできて黄泉に通じる

残菊は踏みしだかれて霜の下　逝く二日前の父の冥(くら)い眼

冠水

県境の一級河川の名を示す看板読みつつ列車で渡る

正常と狂気のあわいにいたのかも　冬枯れに光るマンサクの花

猫よ猫きみの財産猫缶だけど開けられないね　桜は咲いた

永遠は一瞬でしかないのだと　桜の花の降りしきるなか
新たなる役目はこれかと花抱え父母眠る彼岸の墓地へ

山ほどの役に立たない物たちを引き寄せてきた人生の時間

本読もう、たくさん人と会った日は禊のようにバッハ流して

蛇口閉じれば響きはじめる蟬の声　白い食器に水滴光る

冠水は思ったよりも透明で足首までも濡らして帰る

雲の波

今日なにか良いことがあると錯覚す波浪(ハロー)注意報とラジオは言って

逼塞の日々には空を仰ぎ見る大海原に雲の白波

休みなく打ち寄せる波見つめおり百万の悩み浚われるように

ジーンズを夏の大気の中に干す　着たきり雀が飛び去ってゆく

木登りができなくなってと言い訳し植木屋さんは息子を連れて

草陰に落ちて眠れる熊蜂　昨日は花をめぐりておりぬ

離陸

秋の日はどこか行こうかあてどなく一身上の都合と言って

さざ波に切り込んで行く八人漕ぎ追いウォーキングする夕陽の岸辺

オールの音規則正しく水を打ちコックスの声遠ざかり行く

たわいないやりとり交わした足跡が Re Re Re Re Re Re と繋がっている

いつの日か離陸するのだとふと思うこの世の鎖が解かれた時に

いとおしきひとりひとりの物語　あんな高みに凌霄花(のうぜんかずら)

満ち足りた猫の眠りはじんわりと部屋あたためる遠赤外線

世界一遅い時間が流れてるスパゲッティが茹で上がるまで

女みな方向音痴と思い込む男をおいてさっさと歩く

あとがき

　目に見えない新型コロナウィルスがまたたく間に拡がって、世界が変容を続けています。私の住む町でも春先には防災無線から市長の外出自粛を呼びかける声が響きわたり、海外からは山と積まれた棺がブルドーザーで埋められる痛ましい映像が送られてきました。飛行機の飛ばない空は静まりかえり、人々はマスクで表情を失くしています。この身の消えてなくなる可能性がすぐ傍らにやってきて、そっと肩に手が置かれる気配さえ感じます。歌集を纏めてみようと思ったのは、そんなことに後押しされたからでした。

　長いこと私は素人小説を書いてきました。それはたぶん、自分を絡め取っている蜘蛛の糸のようなものをほぐして、自由になりたかったからでしょう。芥川賞作家でいらした高井有一先生の指導を受け、その集まりで出会った新潟短歌会の藤田嫩(わか)さんから「屋敷林」というグループで短歌の手ほどきをして頂きました。調べの滑らかで繊細な短歌を詠まれる藤田さんは、散文のような私の歌には首を捻られたかもしれませんが、忍耐強く見守って頂き、どうにかここまで来られました。

本の虫だった私は、数学や化学は大の苦手でした。それなのに薬剤師などになったのは家が薬局をやっていたことと、女も手に職を持つべきという、サッチャー元首相のように強かった母の考えからでした。仕方なく言うことを聞きつつ面従腹背、しぶとくブンガクの周辺をうろうろしていました。やがて私の前に立ちはだかっていた母も亡くなり、薬局の仕事をしながら後に残った父に、およそ十年寄り添いました。ちょうどその十年間が私の歌歴に相当します。人間どうしのあれこれや、犬や猫や植物や虫たちの小さな歌を集めたものを、一枚の絵のように眺めて頂けたらとても嬉しいことです。

画家・林千絵さんの作品を使わせて頂けたことには、本当に感謝でいっぱいです。千絵さんの絵には、壊れそうな世界に触れた瞬間の、痛みと受容といったものが浮遊するようなイメージで描かれています。静かで清潔な孤独に満ちていて、そこにはいくつもの詩や物語が息づいているように感じられます。

最後に、いつも素敵な本を作り続けている青磁社からこの歌集を出版できたことは望外の喜びでした。編集でお世話になった永田淳様やスタッフの皆様、装幀の上野かおる様に心より御礼申し上げます。

二〇二〇年初冬

本間　真琴

著者略歴

本間 真琴（ほんま まこと）

1959年埼玉県生まれ。薬剤師。
高井有一氏の指導で小説を書き始める。
2003年「メディシンジャー」で新潮新人賞最終候補。
2010年より藤田嫩主催「屋敷林の会」で短歌を学ぶ。
現在「屋敷林」、「全作家」同人。

歌集　魚に言われて

初版発行日　二〇二一年一月二十四日
著　者　本間真琴
戸田市川岸二―七―一六　江口方（〒三三五―〇〇一五）
定　価　二五〇〇円
発行者　永田　淳
発行所　青磁社
京都市北区上賀茂豊田町四〇―一（〒六〇三―八〇四五）
電話　〇七五―七〇五―二八三八
振替　〇〇九四〇―二―一二四二二四
http://www3.osk.3web.ne.jp/~seijisya/
装　幀　上野かおる
印刷・製本　創栄図書印刷

ISBN978-4-86198-492-1 C0092 ¥2500E